YUELIANG BINGJILING

月亮冰激凌

[韩] 白希那 著
明 书 译

接力出版社
Publishing House

每家每户的窗户关得严严的，
空调开得凉凉的，
风扇转得呼呼响，
大家都想快点进入梦乡。

4

嗒
·
·
·
·

嗒
·
·
·
·
嗒
·
·
·
·

咦，这是什么声音啊？

从窗户往外望去，
大大的月亮滴答滴答
正在熔化……

勤快的楼长奶奶，
赶紧端着塑料盆跑了出去，
把化了的月亮接在盆里。

"用这个做什么呢？"
楼长奶奶把盛在盆里的月亮分别倒进了雪糕模具，
放进了冰箱的冷冻室。

空调哗哗吹，
风扇呼呼转，
冰箱嗡嗡响。

哎呀!

全世界都变黑了。

停电了，人们用的电太多了。

所有的人都走到外面来，

好黑好黑，黑得不能走路了。

这时，
从楼长奶奶家里透出了淡淡的黄色的亮光，
所有的人都向着光亮，走到了楼长奶奶家。

楼长奶奶打开门，
分给每人一个月亮冰激凌。

月亮冰激凌好冰，好凉，好甜，好香。
就这样，神奇的事情发生了。

吃了月亮冰激凌，
一下子就不热了。

那天晚上，
邻居们都关掉了风扇和空调，
打开窗户，很快进入了梦乡。

每个人
都做了凉凉的、甜甜的梦。

嗒
，
嗒
，
嗒
……

这又是什么声音呢？

打开门，两只兔子站在门口。

"我们是天上的玉兔。月亮消失了，我们没有地方住了。"

"哎呀，这真是个大事啊……"
楼长奶奶坐在餐桌前静静地思考着。

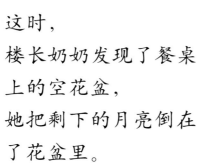

这时，
楼长奶奶发现了餐桌
上的空花盆，
她把剩下的月亮倒在
了花盆里。

过了一会儿，
又亮又大的月亮花开了。

像天上的月亮一样，月亮花向
着夜空努力盛开。

又过了一会儿，
漆黑的夜空中亮起了小小的光。

小小的光越来越大，
变成了又大又圆的亮堂堂的月亮。

玉兔欢快地跳着舞，
住进了他们的新家。

楼长奶奶也进入了凉爽而
甜美的梦乡。

"大家晚安。"

桂图登字：20—2015—076

달사베트

Moon Sherbet

Copyright © 2010, 2014 by Baek, Hee-Na

All Rights Reserved.

First published in Korea in 2010 by Storybowl, republished in 2014 by Bear Books.

This Simplified Chinese edition was published by Jieli Publishing House Co., Ltd. in 2015

by arrangement with Bear Books through Imprima Korea Agency, Seoul.

图书在版编目（CIP）数据

月亮冰激凌 ／（韩）白希那著 ；明书译. —南宁：接力出版社，2015.11
ISBN 978—7—5448—4199—3

Ⅰ.①月… Ⅱ.①白…②明… Ⅲ.①儿童文学－图画故事－韩国－现代 Ⅳ.①I312.685

中国版本图书馆CIP数据核字(2015)第251674号

责任编辑：李明淑　　文字编辑：海梦雪　　美术编辑：卢 强 杜 宇
责任校对：刘会乔　　责任监印：陈嘉智　　版权联络：金贤玲
社长：黄 俭　　总编辑：白 冰
出版发行：接力出版社　　社址：广西南宁市园湖南路9号　　邮编：530022
电话：010-65546561（发行部）　　传真：010-65545210（发行部）
http://www.jielibj.com　　E-mail:jieli@jielibook.com
经销：新华书店　　印制：北京尚唐印刷包装有限公司
开本：787毫米×1092毫米 1/12　　印张：3　　字数：20千字
版次：2015年11月第1版　　印次：2018年7月第6次印刷
印数：55 001—63 000册　　定价：38.00元